@Cookie&milk

Résumé

Jaquay a un secret.

Un secret qui se cache derrière @Cookie&milk.

@Cookie&milk, c'est un Dieu de la fanfiction.

@Cookie&milk est devenu un auteur vénéré par ses lecteurs.

Racontant l'histoire d'un amour sans retour, sa fanfiction paraissait bien trop réelle pour ne faire partie que d'une histoire.

Vous avez bien lu.

Et vous avez bien compris.

@Cookie&milk il écrivait des fanfictions sur sa propre vie.

Mais qui était @Cookie&milk ?

Tout allait bien dans le meilleur des mondes, jusqu'à ce qu'il vienne s'intéresser de plus près, à l'un de ses lecteurs.

Un lecteur qui le connaissait… Trop bien même.

@Cookie&milk n'allait peut-être pas survivre.

Prologue

Ils criaient sur les réseaux sociaux, pour que leur auteur préféré écrive enfin la suite de son histoire.

Ce qu'ils ne savaient pas, c'était qu'il était bien occupé à ce moment-là.

Pas seulement par les répétitions, les interviews, les émissions télévisées et les concerts ! Mais aussi parce qu'à cet instant précis, il espionnait l'un de ses colocataires. Son chanteur préféré pour être exact ! C'était aussi celui qui, par le plus grand des hasards, était le personnage principal de sa fiction.

Malheureusement pour notre célèbre écrivain, son cœur battait pour celui qui le détestait.

Leur seuls réels interactions se faisaient devant leurs fans… Et encore, le concerné avait bien conscience des faux sourires que son camarade lui adressait de temps à autre.

Mais c'était plus fort que lui. Il l'aimait et même s'il souffrait de cet amour, ses sentiments n'étaient pas prêts de disparaître.

La magie ici, ça n'existait pas.

La baguette magique ne s'amusait-elle que dans les livres ? Bien heureusement pour vous que non ! Bien que celle-ci parvint à s'égarer dans le monde utopique de notre protagoniste, cela finit par créer un désarroi infernal dans le bon sens de ses pensées.

Mais cette magie folle n'était pas que débauche. Au contraire !

@Cookie&milk avait une imagination débordante.

Cette imagination, c'était la baguette de Jaquay, elle-même.

Et @Cookie&milk en était fier.

Chapitre 1

PDV Jaquay

Ce matin, lorsque je le croisais en sortant de ma chambre, il m'avait effleuré l'épaule, pour éviter de dramatiser et interpréter les faits comme une bousculade volontaire.

Je convaincus mon cœur que cela était accidentel et sans rancune, même si au plus profond de moi, je savais qu'il me méprisait sans égard. Cela heurtait d'ailleurs, mes sincères sentiments, plus que n'importe quelle autre insulte pouvant sortir de sa bouche.

J'étais le seul de la bande, à qui il ne donnait aucun surnom tout mignon. Moi, j'étais Jaquay, tout court. Puis pour ne pas faire déborder le verre, aucun des autres membres du groupe ne faisait attention à cette différence. Aucun d'eux ne voyait à quel point, je me sentais poignardé de ne pas recevoir le même amour de la part de notre chanteur. Pas qu'ils s'en souciassent en fait.

Dans la cuisine je le surprenais à boire un verre de lait et y tremper des cookies pour le petit déjeuner. En voyant cette scène je ne pus m'empêcher de penser à mon pseudonyme "@Cookie&milk". J'imaginais alors que ces cookies qu'il trempait, n'étaient autre que moi et que le lait qu'il buvait, n'était autre que celui que j'aurais déversé dans sa bouche.

Ce n'était tellement pas normal de s'imaginer ce genre de scène à la vue d'un simple petit déjeuner ! Mais que vouliez-vous ? J'étais Jaquay, ces pensées n'étaient rien de plus qu'une pragmatique vénéneuse.

C'était ainsi que j'eu ma première érection de la journée. Pour tout vous dire, une fois que je le vis quitter l'appartement, je m'en étais occupé dans sa chambre.

Oui car nous vivions tous ensemble, tous les six, membres d'Espadon, groupe de musique pop populaire, partagions un loft, dans lequel nous avions chacun notre propre chambre avec sa salle de bain.

Je ne vous cacherais pas que ma chambre préférée, n'était pas la mienne, mais bien celle de celui dont je convoitais le cœur.

Étant seul à l'appartement cette matinée, j'en profitais pour explorer son dressing.

Celui-ci exhalait son odeur. Je venais effleurer du bout des doigts, chacun de ses vêtements suspendus sur des cintres, puis je céda à la tentation d'essayer quelques-uns de ceux-là.

C'était tellement agréable de porter les vêtements de son coup de foudre. Cela donnait la plaisante sensation de lui appartenir.

Étreint par son odeur, je me sentais proche de l'homme envers qui je dévouais tous ces sentiments.

Mais cela ne me suffisait pas. J'avais besoin de plus que ces simples envies. Je voulais que lui aussi me regarde et me veuille ainsi.

Après avoir soigneusement pendu ses chemises et replié ses pulls du mieux que je le pusse, j'en gardais tout de même un sur moi, avant de quitter sa tanière.

J'étais ensuite allé explorer sa salle de bain et je ne pu m'empêcher de lui piquer son shampoing, avant de retourner bien gentiment dans ma chambre.

Je cachais son pull sous mon oreiller, qui à partir de ce jour, serait ma peluche adorée. Grâce à lui, je sentais que mes nuits allaient être bien plus amusantes que les dernières.

Je rangeais ensuite son shampoing, MON shampoing pardon, sur l'étagère de ma salle de bain.

Je souriais bêtement, pensant que ce soir après ma douche, j'allais m'endormir avec son odeur, imprégnée partout sur moi.

Ce midi, je mangeais seul… Ce fut pourquoi je ne mangeais pas. Je n'aimais pas le silence et la solitude pendant les repas. Ceux-là étaient pour moi synonyme de partage, censés être des moments plaisants, pendant lesquels nous pouvions parler de tout et n'importe quoi avec le groupe. Mais pas aujourd'hui. Tous ayant des emplois du temps de premier ministre apparemment, je me retrouvais souvent seul sur ce créneau ces derniers jours. Ce fut pourquoi j'étais resté assis sur une chaise, à observer l'assiette vide en face de moi.

Non, ce n'était pas du tout parce que je ne savais pas cuisiner, vous vous trompez !

Cette après-midi, je me rendais sur le plateau de tournage d'une pub pour de nouveaux bonbons à la fraise.

Une pub que je tournais avec Blaise, un des chanteurs principaux du groupe Fafaland. Un groupe qui avait décidément plus de succès que nous.

Dans cette pub nous devions jouer au jeu du Pocky game. Chacun de nous tenait l'une des extrémités du bonbon du bout des dents. Blaise, lui, avançait doucement, se rapprochant de plus en plus de mes croissants de chair.

Le script disait que nos lèvres ne devaient pas se toucher, mais que nous devions faire penser au public, qu'il s'agissait bel et bien d'un baiser.

Lorsque le jeu prenait fin, la prise de la caméra se faisait alors de dos. Face au regard taquin de l'autre, je sus qu'il préparait un mauvais coup. Alors que mon partenaire du jour devait s'arrêter à cette distance, je sentis ses lèvres frôler les miennes. Quand sa langue passait entre celles-ci pour venir récupérer le dernier bout qu'il restait dans ma bouche, je pâlis malencontreusement.

Entre moi et ce Blaise, c'était loin d'être une histoire d'amour. Je le détestais et lui me courrait après. J'appréhendais chacune de nos interactions, bien que je ne pouvais pas vraiment les éviter, car nos fans adoraient nous voir ensemble à la télévision.

Lorsque nous nous retrouvions seuls de temps à autres dans nos loges, je restais sur mes gardes, de peur qu'il ne me saute dessus et ne me viol.

La fin de journée était proche et je rentrais à l'appartement de mauvaise humeur.

Sans vraiment le vouloir j'avais claqué la porte d'entrée derrière moi.

- Kaykay, que se passe-t-il ? Pourquoi je te vois entouré de milliers d'ondes négatives ? Ça s'est mal passé ? Tu veux un câlin ? Me demanda Osiris.

Je ne pris pas la peine de lui répondre et je me rendais directement dans ma chambre. J'étais tellement énervé, qu'il fallait à tout prix que j'évacu cette haine.

Je m'étais adossé à la tête de lit et j'ouvrais mon ordinateur portable. J'entrais mon pseudo, mon mot de passe et je commençais à écrire.

Je n'oubliais rien, je racontais tout, commençant par ce matin à mon réveil, jusqu'au soir, après être rentré furieusement. Je n'ommetais pas de partager également, mon ressenti sur tout cela.

Je me relisais et je publiais mon chapitre sur un coup de tête, qui n'était bien évidemment que fictif ! Ce n'était pas comme si tout ce que je venais de raconter s'était réellement passé.

Ou peut-être bien que si… Mais personne ne le saurait.

N'est-ce pas ?

Chapitre 2

Cela faisait bientôt une heure que mon chapitre était en ligne.

J'avais hâte de découvrir les commentaires et les avis de mes lecteurs ! Ceux-là parvenaient à remonter une partie de mon moral. Je me sentais un peu aimer. Pas pour le célèbre artiste d'un groupe de musique pop, mais pour la personne que j'étais réellement.

J'aimais beaucoup être @Cookie&milk ! Lorsque j'étais lui, je parvenais à être authentique, dévoilant mes vrais sentiments sans me cacher. J'étais simplement moi-même.

Cette fanfiction me donnait beaucoup de soutien, commençant par encourager le personnage principal qui souffrait que trop de son amour qui ne lui serait jamais rendu.

Ce personnage c'était bien moi.

Mais personne n'avait à le savoir.

http.Fanfiction.grr

@Cookie&milk

Œuvre : Mon crush ne me voit pas

99+ Notifications

Commentaires :

Lolo.Fou.Rire
Et le sperme, il a atterri sur les draps ? Non je demande ça comme ça, en toute innocence.

PommetteRouge13
Ah.

Jebavejamaismoi
Pourquoi Blaise c'est le méchant dans l'histoire ???????

Gogo_lemon_lemonnnnn
Pauvre Osiris, même si t'étais pas d'humeur t'aurais au moins pu lui rendre son câlin.

JSUISINLUVDEJAYKAY
💬 Euh non en fait. Je veux pas qu'il fasse de câlin à Osiris moi.

Musicpop_fan_17
💬 Blaise, tu veux mourir !? Viens dans mes bras bébé et laisse Jaquay tranquille. ^^

Jaquay_ESPADON_Forever
💬 Ahhhhhyyjgsdkm ! Je ne suis pas d'accord ! Tu touches pas à Jaquay !

Ff_Espadon_Cookie
💬 Et là t'as ton colocataire qui débarque dans sa chambre et qui te surprend dans le plus grand des calmes. X)

JSUISINLUVDEJAYKAY
💬 T'enlèves tout de suite ta langue de là Blaise. TOUT DE SUITE !

Aiden_babycat
💬 Je suis le seul à vouloir qu'il finisse avec Blaise ?

JSUISINLUVDEJAYKAY
💬 OUI T'ES LE SEULE.

Charles_Juste_Lui
💬 Tranquille, mets toi à l'aise surtout… C'est pas comme si ce n'était pas ta chamb… Ah si. O_O

16

JAIMESPADON69
 Osiriiiiiis ! <3

Sautillette
 Moi aussi je veux mettre ma langue dans la bouche de Jaquay !!!! *Pleure*

JSUISINLUVDEJAYKAY
 Bah non, lui, il veut pas.

Sautillette
 @JSUISINLUVDEJAYKAY Je sais bien que ça n'arrivera jamais, mais j'ai le droit de rêver non !?

JSUISINLUVEDEJAYKAY
 Tu ne le touches pas, tu ne le regardes pas et TU NE RÊVES PAS DE LUI. Jaykay il est À MOI. SES LÈVRES, ELLES SONT POUR MOI !

Sautillette
 OUHLA XD
Toi t'es un ouf ! Je vais pleurer de rire…
T'es un fan refoulé c'est ça ? :')

JSUISINLUVDEJAYKAY
 J'suis pas un fan. C'est lui qui est fan de moi. ;)

Sautillette
 Okkk…
Tu devrais consulter mec, c'est pour ton bien que je dis ça.

JSUISINLUVDEJAYKAY
💬 SHUT YOUR MOUTH ! ESPÈCE DE SAUTILLETTE REFOULÉ.
Moi j'ai une vraie chance avec lui !
Je sais qu'il va se passer un truc entre nous.

UneLicorneQuiPasse
💬 …

UneLicorneQuiPasse
💬 Je préfère ne rien dire…

Sautillette
💬 Oukayyyy… @Loaniiz remet le à sa place tu veux bien ?

Loaniiz
💬 *Je le range dans mes amis bizarre*
… C'est bon c'est fait ! (:

JSUISINLUVDEJAYKAY
💬 On est pas amis… @Loaniiz

Loaniiz
💬 Non t'es juste fan de moi. ;)

JSUISINLOVEDEJAYKAY
💬 …

Loanxeez
💬 Moi je suis fan de @loaniiz !

DTrumpy
::: Mais… Ce n'est pas la même personne !?

Fujoshi_Senpaiiii13
::: Je veux que Jaquay vienne dans ma chambre, quand je ne suis pas là moi aussi !

Noemiiie
::: On est deux alors.

JSUISINLUVDEJAYKAY
::: Euh non.

Noemiiie
::: On est trois ?

JSUISINLUVDEJAYKAY
::: Trop de coïncidence avec ce qu'il se passe dans ma vie… Je ne sais pas quoi penser.

JSUISINLUVDEJAYKAY
::: C'est quand même bizarre… Jaquay avait vraiment cette pub à faire avec Blaisécon… Mais il n'était pas question que leurs lèvres ne se touchent à ce que je sache !!!? Et s'il l'harcelait vraiment dans la vie et non seulement dans cette fiction ???...........

Attendez… Comment il savait que j'avais cette pub à faire celui-là ? Les fans n'étaient pas encore au courant normalement ! C'était censé les surprendre !

D'abord j'aurais jamais dû publier ce chapitre avant la sortie de la pub...

Pourquoi j'avais fait ça !?

...

Il était au courant...

Cela voulait-il dire qu'il me connaissait ?

Bordel, c'était qui celui-là ?

Chapitre 3

Je prenais ma douche avec enthousiasme.

Pourquoi ?

Tout simplement parce que le shampoing de celui que je désirais, parcourait mon corps à cet instant même. J'étais tellement bien. Enrobé par son odeur, j'en avais oublié ce lecteur intrigant et ma petite erreur de publication, ayant peut-être donné des informations, inspirées un peu trop de ma vie réelle.

Enfin, je pouvais très bien faire passer cela pour une coïncidence. J'étais persuadé que mes lecteurs me croiraient. La confiance entre nous, c'était sacré. Puis cela arrivait de faire des rêves prémonitoires ! Je n'avais qu'à mettre toute cette histoire sur cette excuse.

Après ma douche j'avais enfilé mon pyjama licorne et je me blottissais dans mon lit. J'éteignais ma lampe de chevet et je sortais le pull de sous mon oreiller pour venir le serrer fort contre moi. Je reniflais son odeur, sur laquelle je m'envolais dans les bras de Morphée.

Cette nuit-là, je rêvais d'être aimé par celui que je poursuivais. Je l'aurais étreint si fort, que jamais l'idée d'échapper à mon emprise ne lui serait venu à l'esprit.

Le lendemain, je me fis réveillé en sursaut. Une voix rauque, traversant l'entièreté de l'appartement.

- Les gars ! Je trouve plus mon shampoing !

J'allais à ma salle de bain, je prenais mon shampoing habituel et je sortais de ma chambre. J'allais rejoindre mon colocataire et je lui proposais timidement le mien.

- Ah. Euh… Et bien… Je veux bien te prêter le mien… Lui proposais-je d'une voix presque inaudible.

Il me regarda d'un air neutre et il m'arracha mon shampoing des mains, avant de retourner dans sa chambre, fermant bien la porte derrière lui.

Il ne m'avait pas remercié, mais je ne pouvais m'empêcher de bondir partout à l'intérieur de ma tête. Il avait pris mon shampoing. Il allait se laver avec ! Il allait sentir "moi" !

J'étais trop heureux ! Mon esprit planait dans les étoiles. C'était un peu comme deux amants qui s'étaient échangés leur odeur, pour dire à l'autre qu'il lui appartenait.

Je retournais dans ma chambre, les joues rougies, ne pouvant m'empêcher de ressentir de l'excitation pour cette journée qui commençait merveilleusement bien.

Il m'avait regardé. L' espace d'un instant il avait posé son regard sur moi. Ce n'était pas tous les jours que mon crush m'accordait un peu d'attention !

Après une longue journée de travail, le soir même, j'avais trouvé l'excuse parfaite pour venir parler à mon futur mari.

Je frappais à sa porte de chambre et quand il m'ouvrit enfin celle-ci, mon cœur s'emballa.

- Ah… Hum… Mon… M-mon shampoing… Tu en as encore besoin ? N'avais-je pu m'empêcher de bégayer.

Intérieurement je me frappais pour avoir parlé d'un ton trop peu sûr de moi.

Il faisait alors mine de réfléchir un instant.

- Si t'as besoin de te laver, entre.

Wow, je ne m'y attendais vraiment pas ! Rectifiez-moi si je me trompe, mais il venait bien de m'inviter dans sa chambre ? Ce n'était pas un rêve ? C'était totalement réel !

J'entrais à l'intérieur de sa chambre.

Bordel, nous étions tous les deux dans la même pièce.

Il n'y avait personne d'autre !

Nous étions seuls dans une même pièce !

C'était la folie dans ma tête, j'en pouvais plus !

Il allait se passer un truc.

Il ne pouvait que se passer un truc !

Je ne parlais pas de faire un Scrabble sous une table basse.

Le jeu ressemblerait plutôt à faire des bébés !

Je pouvais vous l'assurer.

- T'attends quoi pour te déshabiller ? Tu veux peut-être que je t'aide ?

Ouhla ! Je ne comprenais pas ce qu'il se passait, mais une chose était sûre, il ne pensait pas à la vierge Marie.

J'obéissais et j'enlevais mes vêtements.

- Attends, stop ! M'interrompit-il.

Il ne me restait plus qu'un caleçon, mes doigts tirant déjà sur l'élastique, prêt à l'enlever.

- Si tu ne veux pas que je te saute dessus, enlève le reste dans la salle de bain. Termina-t-il par dire.

Tu peux me sauter dessus, ça ne me dérangerait pas du tout en fait !

Mais je n'avais pas de couilles, donc je me rendais vite dans sa salle de bain.

Sa salle de bain…

J'allais jouer à papa et maman sur le carrelage !

Mes bébés allaient se retrouver sur ce mur froid que mon bien aimé regardait chaque fois qu'il prenait sa douche.

C'était orgastique.

- AH ! Fit-il surpris alors que ma progéniture venait de s'échouer sur son carrelage.

Il était entré dans la salle de bain dans le plus grand des calmes. Cela était tout à fait normal, c'était la sienne après tout. Puis comme le plus grand des hasards faisait bien les choses, il fallait que ce soit à ce moment précis de l'action, où mon obscénité était à son apogée.

Ses yeux parcourent, sans la moindre gêne, mon corps dans toute sa splendeur et alors que son cerveau avait fait une erreur de calcul, il resta planté là, la bouche ouverte. Ce fut alors que sa langue vint humidifier ses lèvres et l'espace d'un instant, j'eu cru qu'il allait me dévorer.

Mais plutôt que d'obéir à cet instinct irrésonable, il me lâcha une injure sur mon physique de femmelette, me faisant part qu'il était dégouté de m'avoir vu ainsi. Il sortit ensuite de la salle de bain me disant de me débrouiller pour m'essuyer et qu'il ne m'apporterait pas de serviette.

Avant de sortir de sa chambre, il m'ordonna de laisser mon shampoing dans sa salle de bain. Paraissait-il que celui-ci était désormais le sien. Bien que tant que je n'en avais pas racheter un, si j'en ressentais le besoin, il avait l'amabilité de me le prêter. Car il était évidemment hors de question de sortir son nouveau bien de cette pièce.

Au fond de moi, je m'étais dit que je n'en achèterais plus jamais. Moi, je voulais bien prendre ma douche dans la sienne, jusqu'à la fin des temps.

Chapitre 4

http.fanfiction.grr

@Cookie&milk

Œuvre : Mon crush ne me voit pas - chapitre 64

Commentaires :

Aidensexuel
Moh Kookie, je dois bien avouer que ton crush, il est pas DU TOUT adorable.

JAIMESPADON69
Pourquoi il parle comme ça à Jaquay !?

Loaniiz
@JAIMESPADON69 Gfdgjbilfd… Tu veux me tuer avec ton pseudo !?

Noemiiie
@Loaniiz Pure et innocente on a dit !

Sautillette
💬 Je ne comprends pas cette haine.

GGBFF
💬 Akaykookie ! T_T

Loaniiz
💬 Bedou, laisse-le tomber. Y'a Blaise qui t'aime lui.

JSUISINLUVDEJAYKAY
💬 Non. Lui il ne l'aime pas. Laisse Jaquay en dehors de ça si t'es une VRAIE FAN.

Loaniiz
💬 Y'en a un qui tient pas à sa vie ici.

JSUISINLUVDEJAYKAY
💬 On parle de Blaisécon on est d'accord ?

Loaniiz
💬 Oukay.

Noemiiie
💬 Morte de rire… ;-;

Nolan2003
💬 J'aimerai pas mourir à cause de ça moi.

laplusbellefanboy
💬 J'ai mal au cœur de le voir souffrir. Qui vient donner une leçon à son coloc avec moi ?

JSUISINLOVEDEJAYKAY
Il t'est jamais venu à l'esprit que la haine c'était de l'amour ?

Langue_De_Serpent
DANSONS LA SALSA ! ;)

laplusbellefanboy
@Langue_De_Serpret Je vois pas ce que ton commentaire vient faire ici.

Langue_De_Serpent
@laplusbellefanboy laisse mon commentaire tranquille ! >°<

AidenDeTim
On lui donne une leçon de danse, c'est ce que tu voulais dire ? XoX

laplusbellefanboy
Je suis la seule à être normale ici, c'est ça ?

Loaniiz
@laplusbellefanboy Lol.

Loaniiz
Jaykay ouvre les yeux stp.

DTrumpy
Ils sont fermés ?

JAIMESPADON69
💬 Le 6 devant le 9 on voit pas grand chose on est d'accord.

JSUISINLUVDEJAYKAY
💬 *ROUGI*

DTrumpy
💬 *ROUGI x2*

Charles_Juste_Lui
💬 T'étais mon Bias, mais là ça va plus.

JSUISINLUVDEJAYKAY
💬 Mais si ça va très bien ;)

Charles_Juste_Lui
💬 Wut ?

JSUISINLUVDEJAYKAY
💬 ;)

Charles_Juste_Lui
💬 …

Nolan2003
💬 Je dois aller aux toilettes les gens… Je peux y rester combien de temps ?

laplusbellefanboy
💬 Euh…

Langue_De_Serpent
10 minutes ?

Noemiiie
Je peux venir avec TOI ? Hihi !!

Loaniiz
…

laplusbellefanboy
Mais… T-T

Nolan2003
Oui vient ! Plus on est de fou, plus on rit ! (:

Noemiiie
J'suis morte. :')

Nolan2003
Un mort, ça peut écrire ?

Noemiiie
T'es sérieux mon gars ??

Fujoshi_Senpaiiii13
Il n'a pas fait ce que je pense ????

Fujoshi_Senpaiiii13
Ah bah si, il ne s'est pas gêné.

JSUISINLUVDEJAYKAY
💬 Je commence à mieux comprendre un truc...

Fujoshi_Senpaiiii13
💬 Tu comprends quoi ?

JSUISINLUVDEJAYKAY
💬 Non rien c'est entre lui et moi. U.U

Fujoshi_Sempaiiii13
💬 JE VEUX SAVOIR !

Loaniiz
💬 @JSUISINLOVEDEJAYKAY T'as compris que t'étais fan de moi ? X)

JSUISINLUVDEJAYKAY
💬 @Loaniiz Je réponds pas à ta provocation.

Loaniiz
💬 Je t'ai pas provoquer..? ^^`

http.fanfiction.grr

Vous avez un nouveau message de
@JSUISINLUVDEJAYKAY

Messages

JSUISINLUVDEJAYKAY

JSUISINLUVDEJAYKAY : Jaquay serais-tu amoureux de moi ?

Chapitre 5

*Une erreur a été rencontrée... *ggdlbbups*.*

Comment il savait que j'étais Jaquay lui ?

Ce n'était pas possible !

Personne ne savait.

Ou plutôt, personne n'était censé savoir !

Cela voulait-il dire que l'on se connaissait ?

Plus précisément... Il me connaissait.

http.fanfiction.grr

Messages

JSUISINLUVDEJAYKAY

JSUISINLUVDEJAYKAY : Jaquay serais-tu amoureux de moi ?

J'avais relu son message, une dizaine de fois peut-être.

Ok. Clairement, je fermais l'application, ou bien j'allais en devenir fou.

Je n'avais pas peur, non, ce n'était pas mon genre.

C'était pourquoi je m'étais caché sous mon lit avec le pull de mon bae. Enfin, j'avais tout de même pris une couverture avec moi pour ne pas avoir froid.

Je reniflais le tissu chaud de l'homme que j'aimais. Cette odeur apaisante me retournait la tête. Ce fut alors que la porte de ma chambre s'ouvrit d'un coup sec.

- Jaquay ?

C'était Aiden. Le beau guitariste de la bande et aussi le plus petit d'entre nous.

- Il n'est pas dans sa chambre ? Se demanda-t-il.

Alors qu'il s'apprêtait à repartir, je me dénonçais.

- Je suis là. Avais-je dit d'une voix presque inaudible.

Des bruits confirmaient qu'il était en train de me chercher, puis il se baissa et regarda sous le lit.

- Tu fais quoi là ? S'esclaffa-t-il.

Je ne lui répondis pas.

En fait je ne savais pas moi-même, ce que je faisais là. Tout ce que je savais, c'était que je ne voulais pas en sortir. Pas maintenant.

- Pousse-toi un peu ! M'ordonna-t-il.

Je me décalais alors, pour lui faire un peu de place. Nous étions à présent tous les deux, collés l'un à l'autre, torse contre torse, sous le lit.

Ses yeux fusillaient affectueusement les miens, puis il se mit inlassablement à caresser ma joue.

- T'es beau. M'avoua-t-il.

- Si je ne l'étais pas, je ne ferai pas partie d'Espadon.

Ma réponse le fit rire.

Il faisait noir, mais je distinguais tout de même un sourire s'étendre sur son visage de petit chat.

- Je veux dire… Moi. JE te trouve beau. Rectifiait-il.

Je commençais à avoir chaud. C'était tellement plaisant de recevoir le compliment d'un proche de temps à autre.

- Toi aussi ta tête de chaton innocent, je l'aime bien. Le complimentais-je en collant mon front contre le sien.

- Ta beauté m'attire. Finit-il par dire.

Cette dernière phrase consomma mon calme, venant contracter chacun de mes muscles.

Puis lorsque ses lèvres vinrent effleurer les miennes, passant un coup de langue sur celles-ci, mon souffle se fit court.

- Dans ce sens là. M'avait-il révélé.

Alors que je n'eus pas le temps d'encaisser cet aveu, ma porte de chambre s'ouvrit de nouveau.

- Aiden ! Ça fait un moment que je t'ai demandé d'aller chercher Jaquay, vous foutez quoi !?

C'était notre leader Léo.

Décidément, c'était une habitude de débarquer dans ma chambre sans pression.

Une habitude que vous alliez vite faire envoyer aux oubliettes, n'est-ce pas ?

- Aiden ? Jaquay ? Vous faites quoi sous le lit ?

Ah… Bah… Lui… Il n'avait pas mis longtemps à nous trouver.

Chapitre 6

Après ce qu'il venait de se passer, nous rejoignîmes la salle de réunion.

Il était presque minuit, mais chez nous, c'était tout à fait normal de travailler à une heure pareille.

Léo ne faisait que nous fixer. La manière dont il nous regardait, n'était pas du tout gênante. Je ne savais tout simplement plus où me mettre.

Sous la table ?

Ouai non, Aiden risquait de me rejoindre et pas seulement pour faire un scrabble, comme le dirait l'une de mes lectrices.

Aiden était en face de moi. Il ne me regardait pas et c'était entièrement intentionnel.

Sous la table, un pied était venu se frotter au mien. Je n'avais pas besoin de parier pour comprendre que celui-ci appartenait au chaton du groupe.

Malgré moi je n'arrivais pas à me concentrer sur le sujet de notre réunion.

- Jaquay ! Ce serait bien que tu te concentres sur autre chose que sur ce que vous faisiez sous ton lit avec Aiden. Me rappelait sournoisement Léo.

Suite à son aveu, tous les regards se portèrent sur nous.

Merci Léo. La discrétion n'était donc pas l'une de tes qualités ?

Alors que je lui jetais un regard noir, il se moquait ouvertement de moi.

C'était alors que je sentais le pied d'Aiden se balader le long de ma jambe, pour s'arrêter au niveau de mon entre-jambe.

Bien que je le regardais choqué, lui ne pouvait s'empêcher de me sourire malicieusement.

Le colocataire pour lequel j'éprouvais un secret de désir, nous regardait chacun notre tour.

Puis une aura meurtrière atteignit mon cœur, qui s'accéléra suite à la haine qu'il me portait.

Je me sentais vraiment mal à cet instant.

Je reculais brusquement ma chaise et je me levais.

- Je ne me sens pas bien ce soir, je vais vous laisser continuer sans moi. Je m'excuse.

C'était ainsi que j'avais fuis les regards interrogateurs de certains membres du groupe, dont le sourire pervers d'Aiden et l'expression haineuse de mon convoité.

Son regard sur ma personne me faisait mal. Il ne m'aimait pas, je l'avais bien compris.

Mais tout de même…

Pourquoi toute cette haine ?

Je lui avais fait quoi à part l'aimer ?

Caché sous mon lit, je m'étais endormi, mes yeux perlant d'une eau salée.

Je me réveillais le lendemain matin, un nouveau message de ce lecteur intrigant.

http.fanfiction.grr

Messages

JSUISINLUVDEJAYKAY

JSUISINLUVDEJAYKAY : Éloigne-toi de lui, tu m'appartiens.

C'était l'un des membres du groupe… Aucun doute là-dessus.

…

C'était Léo. C'était lui, c'était sûr. Il était le seul à vraiment nous avoir vu.

Chapitre 7

Je voulus m'abstenir de tout raconter dans les moindre détails, mais je ne pu m'empêcher de raconter ce qui s'était passé avec Aiden.

C'est vrai quoi !

Pourquoi il avait fait ça ?

Est-ce qu'il jouait avec moi ?

Nous avions l'habitude de bien nous entendre mais là, cela ne dépassait-il pas l'entêtement ?

M'aimait-il comme moi j'aimais ma future moitié ou était-il simplement en manque d'affection ?

Aiden je l'aimais bien. Je ne voulais pas le blesser.

Et mon coup de cœur qui me haïssait de tout son être.

Je l'aimais, tout en ayant peur de lui.

Après la réaction de la veille, je ne savais plus quoi penser.

Devais-je abandonner ?

Devais-je oublier celui que j'aimais ?

Était-ce donc une cause perdue ?

Le petit chat allait peut-être pouvoir m'aider ?

Seulement je voulais d'abord savoir ce qu'il pensait de tout cela.

S'il m'aimait, je ferais tout pour l'aimer en retour.

Si ses sentiments ne partaient pas plus loin qu'une simple et belle amitié et qu'il voulait expérimenter une affection particulière avec moi, je ne lui dirai pas non non plus.

Dans mon dernier écrit, je faisais une grande fixation sur mes sentiments. Sur ce qui m'horrifiait, sur mes doutes, sur ce qui me faisait pleurer. Parce que j'avais pleurer.

Voilà ce que j'avais écrit dans le chapitre que je postais ce soir.

Sachant que mes lecteurs ne connaissaient pas l'identité de mon crush, l'interpellant moi même "mon crushy préféré" dans la fiction, certains en devenaient fou ! Mais moi j'aimais l'intrigue de mon livre, alors je n'étais pas prêt à leur dévoiler le plus gros secret de mon histoire.

Non bien sûr que non. Je n'étais pas sadique. Pas du tout.

J'étais parti manger une glace, attendant un moment que mes lecteurs aient le temps de réagir à ma publication.

Dans le salon, je croisais Aiden, qui se léchait les lèvres à la vue de ma glace... Ou bien de mon muscle rose et humide qui venait s'emparer par de petites léchouilles, la substance glacée à la vanille.

Son sourire était le même que la veille. Vous vous souvenez ? L'instant où il baladait son pied sur mon fruit défendu. Ce geste qui était parvenu à me faire paniquer. Il avait ce même sourire fripouille.

Il me fit signe de le suivre dans sa chambre. Je ne voyais pas pourquoi refuser alors je le suivais.

Chapitre 8

PDV JSUISINLUVDEJAYKAY

En voyant les commentaires, j'avais senti ma tête exploser. Je ne réfléchissais plus, j'avais envie de débarquer dans la chambre d'Aiden et de faire un meurtre.

http.fanfiction.grr - Mon crush ne me voit pas

Commentaires

Langue_De_Serpent
First !!!!!!

laplusbellefanboy
Non c'est juste moi qui t'ai laissé ma place pour te faire plaisir. (:

Langue_De_Serpent
Dit plutôt que t'as pas assez d'endurance pour me rattraper.

UnelicorNeenCHAleurXxX
Oh yeah Aiden !

Macaron_président
@x@

Macaron_président
Mon innocence est en train de mourir !

Loaniiz
… Hé hé.

Langue_De_Serpent
Jaquaiden !!! Je ship je ship je shipeuh ! >°<

JSUISINLUVDEJAYKAY
GFFHKBDDKLN.
T'es folle toi. Jaquay ne veut pas d'Aiden !

Langue_De_Serpent
Si, si, il le veut ! ^^

JSUISINLUVDEJAYKAY
Non.
Comment tu peux le shipper avec un nain ?

Langue_De_Serpent

💬 @JSUISINLUVDEJAYKAY TU TE CALMES TOI !
Déjà il fait 1m74
Alors t'as rien à dire !

Noemiiie
💬 Et ses mains sont trop MIMS. *-*

Loaniiz
💬 JAQUAIDEN IS REAL GUYS !

JSUISINLUVDEJAYKAY
💬 fanfiction.grr a beugué je crois…

Langue_De_Serpent
💬 @JSUISINLUVDEJAYKAY Développes.

JSUISINLUVDEJAYKAY
💬 Je voulais dire "vous avez beugué". ;)

laplusbellefanboy
💬 On vient de briser le cœur d'une reine.

JAIMESPADON69
💬 Le cœur d'une FAN. </3

laplusbellefanboy
💬 Je ne veux pas voir Jaquay souffrir !

Loaniiz
💬 Je pleure.

Noemiiie
💬 Moi aussi. T_T

Sautillette
💬 Moh. Aiden ! Arrange-moi ça s'il te plaît !!

Langue_De_Serpent
💬 On est d'accord.

JSUISINLUVDEJAYKAY
💬 Pas du tout non.

TimiTheBoss
💬 Wow, calmons-nous. Aiden, il est pour moi en fait.

Loaniiz
💬 Skr skr skr.

Noemiiie
💬 *Tousse*
On en reparle dans une autre vie si tu veux ? ^^

JSUISINLUVDEJAYKAY
💬 @TimiTheBoss Si tu peux prendre Aiden ça m'arrangerait.

TimiTheBoss
💬 J'y travaille…

JSUISINLUVDEJAYKAY
💬 @TimiTheBoss Pas assez vite à ce que j'vois.

Nolan2003
J'ai acheté des chaussettes LICORNES ! #UoU#

Loaniiz
J'ai faim. J'ai mangé la dernière glace hier...

Nolan2003
Tu veux ma licorne ?

Loaniiz
J'en peux plus, j'suis au sol. (X

Noemiiie
Le bon sens dit de ne pas ramasser la poussière. :)

laplusbellefanboy
💬 Okayyy.

Langue_De_Serpent
Moi, on me demande qui c'est mon Bias, je réponds Jaquaiden. ;)

Loaniiz
💬 JAQUAIDEN IS IN DA GAME.

Langue_De_Serpent
💬 Ouiiiiiiiiiiiiiiiiiiiiiiiiiii ! <3

Noemiiie
⁚⁚⁚ J'en peux plus de voir du Jaquaiden partout. T^T

Langue_De_Serpent
⁚⁚⁚ @Noemiiie O-O

GGBFF
⁚⁚⁚ Aiden, y'a TIM tu sais ?

JSUISINLUVDEJAYKAY
⁚⁚⁚ Exactement !

Langue_De_Serpent
⁚⁚⁚ Ou aps :)

Timinouchou
⁚⁚⁚ Jaquay, épouse-le lui !

JSUISINLUVDEJAYKAY
⁚⁚⁚ Tu parles de moi bien sûr.

Timinouchou
⁚⁚⁚ Si t'es Aiden, tout à fait. ^^

Loaniiz
⁚⁚⁚ Jaykay, c'est Aiden you know…

Aiden_Stalker
⁚⁚⁚ Tu serais c** de passer à côté.

Musicpop_fan_17
💬 Blaise, il n'est plus dans l'histoire ??

JSUISINLUVDEJAYKAY
💬 ON VA PLUS S'ENTENDRE TRÈS LONGTEMPS AIDEN.

Loaniiz
💬 Le mec il croit trop ils sont POTOS ! XD

laplusbellefanboy
💬 S'il fonce dedans il se fait mal !

Loaniiz
💬 @laplusbellefanboy S'te-plaît Tais-toi. >T<

laplusbellefanboy
💬 @Loaniiz Rendez-vous dans le couloir, on va arranger tout ça. (:

Loaniiz
💬 T'es trop belle pour me donner rendez-vous, sorry.

laplusbellefanboy
💬 Continue et mon poing va atterrir sur tes petites lèvres, beauté.

Noemiiie
💬 3 : 2 pour @laplusbellefanboy c'est elle qui l'emporte !
Applaudissements

Loaniiz
💬 @Noemiiie ÇA je ne vais pas l'oublier traîtresse.

laplusbellefanboy
💬 Ce film me fait peur en plus.

ComingOutIsOkOk
💬 Aiden t'as rien à faire là, c'est Charles qu'on veut nous !

JSUISINLUVDEJAYKAY
💬 Merci, une personne censée, ça fait plaisir.

Kikicoco
💬 ESPÈCE DE FILS DE LOUTRE !

Sissou-Espadon
💬 Rip le petit chat. T-T

Loaniiz
💬 La violence !

JSUISINLUVDEJAYKAY
💬 AIDEN IL FAIT TROP LE FOU !

Kikicoco
💬 Échec et mat.

Fujoshi_Senpaiiii13
💬 J'ai pas compris le rapport là… >^<

JSUISINLUVDEJAYKAY
💬 Aiden je l'aime pas.

Nolan2003
💬 On avait compris je crois.

Nage_Le_Petit_Poisson
💬 Tu crois ? Moi j'en suis sûr.

JSUISINLUVDEJAYKAY
💬 Aiden c'est un fils de table basse.

Langue_De_Serpent
💬 Celle de mon salon ?

Loaniiz
💬 55 cm. ;)

JSUISINLUVDEJAYKAY
💬 La taille d'Aiden quoi.

Nolan2003
Le respect est mort.

GGBFF
Ça peut mourir ça ??

Nolan2003
Face palm

JSUISINLUVDEJAYKAY
Aiden il me dégoûte à faire ça...

Loaniiz
Aiden a des chances d'être dans son trou, pas toi. *Tire la langue*

JSUISINLUVDEJAYKAY
Charles est dans son cœur, pas lui.

Gogo_lelon_lemonnnnn
Jaquay fait l'amour et pas la guerre, y'a Aiden qui t'attend ! ;)

JSUISINLUVDEJAYKAY
Vomi sur toi

Gogo_lemon_lemonnnnn
…

OK, ce dernier commentaire, il m'avait bien écœuré.

Aiden, il n'avait pas intérêt à toucher un cheveu à mon Kookie ou bien c'était moi qui allait toucher à ses cheveux !

Je me levais, faisant tomber mon ordinateur portable dans mon élan.

Sans attendre je me dirigeais vers la chambre d'Aiden. J'allais pas y passer par quatre chemins. Moi je prenais le raccourci.

Je poussais sa porte de chambre, qui rencontra le mur dans un claquement.

...

C'ÉTAIT UNE BLAGUE ?

DITES-MOI QUE C'ÉTAIT UNE GROSSE BLAGUE !

Chapitre 9

PDV JAQUAY

Dans le pire des calmes qui soit, Charles venait de débarquer dans la chambre.

Il n'aurait pas pu frapper à la porte lui aussi !?

Non il fallait qu'il fasse un trou dans le mur !

Il me regardait avec toujours autant de haine.

J'aurais dû être habitué depuis le temps, mais non, je ne m'y faisais toujours pas.

De mauvaises ondes émanaient de sa personne.

Sous cette atmosphère pesante, allais-je pouvoir survivre ?

Aiden et moi nous trouvions dans une position plutôt compromettante.

Effectivement, Aiden se trouvait à califourchon sur moi, il avait relevé mon haut pour poser une main sur mon torse, pouvant ainsi de son autre main prendre une photo.

Bien évidemment, pour la photo, Charles n'avait sûrement rien vu.

Ses yeux auraient pu tuer le plus féroce des lions. C'était pourquoi j'avais détourné mon regard pour le cacher sous la couverture.

- Tu veux quelque chose Charles ? Avait demandé Aiden, interloqué par sa venue.

Ce dernier ne répondit pas.

- Tu vois pas qu'on est occupé ? Insistait-il.

Toujours rien. Il ne disait rien.

- Tu vois pas que tu fais peur à Kookie ? Tu peux sortir de ma chambre ? Ce serait cool.

Je le sentis s'approcher abruptement. Je sentis son poids écraser le matelas du lit. Je n'osais surtout pas tourner la tête pour le regarder. J'avais bien trop peur, alors je restais caché.

- Charles tu fous quoi là ? S'agaçait Aiden.

Je senti sa peau m'effleurer pour attraper la petite main posée sur mes abdos.

- Wow t'as essayé de m'embrasser mec ? Ça va pas bien là-dedans ! S'écria Aiden.

Puis il partit dans un fou rire.

Alors que j'osais enfin tourner la tête, je finis par le regretter rapidement. Je n'avais jamais vu Charles, avoir l'air aussi vexé qu'il l'était actuellement. Aiden lui avait collé une expression, qui sut me donner les pires frissons de ma vie.

Le beau chanteur poussa le chaton du lit pour me libérer de son emprise. Puis il prit mon poignet et me tira hors de cette chambre, pour me traîner jusqu'à la mienne. Ici, il me plaquait contre un des quatres murs.

La douceur, lui, il ne connaissait pas.

Ses lèvres se trouvaient si proches des miennes, que je n'arrivais pas à décrocher mon regard de celles-ci. Les battements de mon cœur s'accéléraient. Mes pensées devinrent rapidement trop flous pour bien résonner.

- Tu ne touches pas à Aiden. Il est à moi. Me menaçait-il alors.

Suite à son ton rauque et froid, mon cœur manqua un battement. Mon souffle ne se faisait plus entendre, mais surtout, ses mots venaient de déchirer l'amour que je lui portais.

Ce fut alors, dans un silence inquiétant, que ma vue se floutait.

Ne pas pleurer.

Ne pas pleurer.

Ne pas pleurer.

Ne pas pleurer !

Ne. Pas. Pleurer.

NE PAS PLEURER BON SANG !

Épilogue

Mon cœur s'était déchiré.

Il n'allait jamais m'aimer.

C'était pourquoi je décidais qu'il était tant d'en finir.

Exactement.

Mon cœur avait pris place dans mes pensées et malgré moi, celui-ci n'était pas fait de paillettes. Il avait mal. Je n'en pouvais plus.

Je ne voulais plus avoir mal.

J'avais décidé d'abréger mes souffrances.

Dans la cuisine, je prenais le couteau pour la viande.

J'allais sur le lit de celui que j'aimais et je plantais la lame en plein cœur.

Une larme avait perlé le long de ma joue.

C'était fini.

Je n'allais plus souffrir.

C'était ce que je pensais.

C'était ce que je voulais.

Adieu.

Fin

Un tome 2 ?

C'est évident.

*Je remercie tous les lecteurs d'avoir lu ce livre.
Vous pouvez m'envoyer vos impressions ou toutes questions relatives à ce manuscrit à cette adresse mail suivante :*
<u>*ledieudelafanfiction@gmail.com*</u>

Cela est un plaisir de pouvoir échanger avec mes lecteurs !

© 2020, Marine Chevalerias

Édition : Books on Demand,
12/14 rond-Point des Champs-Elysées, 75008 Paris
Impression : BoD - Books on Demand, Norderstedt, Allemagne
ISBN : 9782322272006
Dépôt légal : décembre 2020